Mi lince

Ottawa

Mi lince

Ottawa

El alma gemela del cambiante

Virginie T.

Traductora: Cristina López Laso

<u>Capitulo 1</u>

Isabelle

Ya estoy en Canadá. No me había dado cuenta hasta ahora de que mi vida había dado un giro de 180 grados. Pero llegados ahí, uno puede engañarse. Me había ido de París, ciudad asfixiante a más no poder con sus edificios, su contaminación y sus dos millones de habitantes que corren todo el tiempo en todos los sentidos, para aterrizar en esta envoltura de verdor al borde del lago Huron, en la isla de Manitoulin, población: trece mil autóctonos. Fundirme en la masa será menos evidente aquí.

Tengo 25 años, nunca había viajado en mi vida y he venido aquí, a la otra punta del mundo o casi, para trabajar y volver a empezar desde cero. Un nuevo país para una nueva vida, una manera radical de pasar página de un pasado doloroso que prefiero olvidar. Bueno, trabajar es una gran palabra. Me ocupo de los niños, soy una joven *au pair,* aunque creo que la palabra joven no ya no encaja mucho conmigo. Es mi pasión y cuando vi el anuncio de una familia canadiense que buscaba una francesa para ocuparse de su hija de cuatro años, no puede resistirme a la oportunidad. Después de todo, no es como si hubiese dejado alguien detrás mío.

Siempre he sido una solitaria, en realidad, no tengo amigos y novio, aún menos. No es por elección propia, sino más bien suya. Soy tímida e introvertida, no voy hacia la gente y cuando ellos vienen hacia mí, no me siento a gusto. Rápidamente, me encuentran rara, no digna de interés, y se van enseguida hacia alguien más abierto que yo. Sin embargo, no es que no tenga carácter, pero abrirme a los demás es difícil para mí

Con los niños, es más fácil. Ellos no juzgan a nadie. Ninguna imperfección física o estado de ánimo es determinante para ellos. Son pequeños seres llenos de curiosidad y de afecto durante su edad más tierna. Frente a ellos, me basta con ser yo misma, no necesito esconderme detrás de una falsa sonrisa o esforzarme para comunicarme con ellos y eso es reconfortante. Sin falsas apariencias. Me resulta fácil comunicar con ellos. Incluso me encuentran divertida y les encantan mis historias.

Desde la muerte de mis padres el año pasado en un accidente, ya no tenía nada a lo que sujetarme y necesitaba un cambio de vida extremo. Ya era hora de que tomase la responsabilidad mi vida. Sueño con tener una vida social y sentimental, pero es una cosa imposible para mí en medio de la marea humana que representa la capital francesa. Por eso, me tiré al agua y me lancé a la conquista de Canadá.

El taxi se detiene delante de una casa que da al parque Blue Jay Creek, sacándome de mi introspección. Las vistas me dejan atónita. Es una vivienda inmensa, totalmente de madera, de una planta, con un balcón que da la vuelta a toda la casa y grandes ventanales para disfrutar de las asombrosas vistas. El tipo de casa con el que sueño, pero que nunca podría permitirme. Ya imaginaba que la familia que me había contratado tenía dinero. Después de todo, no todo el mundo puede permitirse tener una persona a domicilio las veinticuatro horas del día, pero no me esperaba esto.

Bajo del coche después de haber pagado y le doy las gracias al conductor, muy amable al contrario que los de los taxis parisinos que son siempre taciturnos, recupero mi maleta que contiene todas mis escasas posesiones y me preparo para el encuentro más importante de mi vida. Bueno, eso espero. Hasta ahora, sólo he comunicado con la familia Pontiac por email, a través de la agencia de empleo canadiense que pone en relación al empleador con la joven *au pair,* detallándoles mi experiencia, mi manera de concebir la profesión y mis ganas de cambiar de país, y esto ha permitido que me contraten. Siempre me ha resultado más sencillo expresarme por escrito y eso compensa mis debilidades en el oral. A través de las palabras consigo resaltar el lado jovial, determinado y alegre que soy incapaz de mostrar cara a cara.

El señor y la señora Pontiac se acercan a mí y me tomo un minuto para describirles. Los dos tienen el pelo largo y negro, pero no se parecen en nada más. El hombre que tengo delante es alto, de piel mate y ojos azules, y su presencia me impresiona. En cuanto a la mujer, tiene los ojos de color avellana y una silueta esbelta realzada por la palidez de su tez. La pareja me mira con una cálida sonrisa. Uf, creo que eso me va a ayudar.

— Buenos días, usted debe ser Isabelle ¿no?

— Buenos días, señor y señora Pontiac, encantada de conocerlos.

— Bienvenida a Manitoulin. ¿El viaje ha estado bien?

No me dio tiempo a contestar cuando un tornado moreno de ojos azules y tez mate como su padre, llegó corriendo y se puso a saltar alrededor mío gritando: «¡es ella, es ella, es ella!»

Por eso me gustan tanto los niños. Tienen una alegría de vivir contagiosa. Me echo a reír ante esta pequeña presumida llena de entusiasmo y me pongo a su altura para hablarle.

— Buenos días, pequeña pícara. Tú debes ser Aiyanna. Yo me llamo Isabelle. Creo que he venido para pasar tiempo juntas.

— Ven, ven, te voy a enseñar tu habitación, está justo al lado de la mía y luego vamos a jugar al escondite y a saltar la rana y…

— Tranquilízate, responde su madre. Lo siento, Isabelle. Está así desde ayer, desde el momento en el que le anunciamos su llegada.

— Menos mal que no le hablamos de ti hace un mes, cuando nos contactamos, ¡no habríamos sobrevivido a su sobrecarga de entusiasmo! No tendrás tiempo de aburrirte con este monstruito.

Habría podido interpretar mal sus palabras si no fuera por la sonrisa radiante de esta mamá hacia su hija y la caricia que deposita con afecto en la mejilla de la niña. Se ve inmediatamente que quiere a su hija con ese amor incondicional que tienen los padres por su progenitura. Siento una punzada de dolor pensando en la ausencia de los míos, los echo mucho de menos. Echo en falta las largas conversaciones que teníamos y los momentos de complicidad más ligeros.

— No pasa nada señora Pontiac. Señorita, si no les importa a tus padres, podrías enseñarme dónde dejar mis cosas y en qué lugar puedo refrescarme, el viaje ha sido largo.

La pequeña ni siquiera se lo pregunta a los adultos y me lleva hacia la casa tirándome del brazo. Tengo la impresión que mis días no van a ser calma y tranquilidad, pero al mismo tiempo, la alegría de vivir de esta criatura es contagiosa. No puedo evitar sonreír mirándola. Necesitaba de verdad está alegría en mi vida últimamente tan triste.

Capítulo 2

Achak

Me dirijo hacia la casa de mi hermano Tyee con la impresión de que algo se prepara. Tengo premoniciones desde siempre, pero por primera vez en mi vida, los signos no son claros. Debe acabar de llegar algo extraño. Le advertí que no contratase a nadie que no fuese de los nuestros, pero Aquene, mi cuñada, quiere que su hija tenga la mente abierta al mundo en su globalidad, a culturas diferentes de la nuestra. Nosotros somos ottawas. Somos una tribu amerindia poderosa, pero Aquene eligió una francesa para cuidar de su hija. Como si nuestra cultura no fuera lo bastante rica con todos los espíritus que cuidan de nosotros y nos hablan. Estoy bien situado para saberlo, porque los siento a todos, de ahí mi nombre. Es una de mis dotes, siento todos los espíritus de mi pueblo, del Gran Manitou al Cuervo, y algunos comunican conmigo durante mis sueños u oraciones. Sin embargo, hoy, sé que algo importante va a producirse, algo que va a transformar a mi pueblo, pero no consigo identificar la naturaleza del presagio. ¿Era un peligro o una bendición? ¿Por qué los espíritus no vienen a ayudarme a proteger a mi pueblo? Nunca habían permanecido tan difusos y silenciosos. ¿Los habíamos decepcionado? El nudo en mi estomago me confirma que se prepara un acontecimiento importante, incluso capital. Sin embargo, la tribu no está en conflicto con ningún clan de alrededor desde hace décadas y nuestros negocios son prósperos. El único cambio, es la llegada de la francesa. Tiene que tener una relación con la extranjera. No estoy en contra de las personas de fuera de Manitoulin. Sería hipócrita de mi parte porque vivo esencialmente del turismo. Pero desconfío de la gente que quiere instalarse en nuestra isla. Cuando uno quita su país natal, es porque huye de algo. Sólo falta saber de qué huye la joven *au pair* y hasta qué punto su venida va a afectar a la tribu.

Al llegar, saludo rápidamente a mi hermano y voy directamente al tema que me ocupa.

— ¿Dónde está la extranjera?

— Buenos días a ti también, Achak. ¿Has dormido bien?

Tiene suerte de ser mi hermano y el jefe de la tribu, porque con otra persona, no hubiese estado de humor para soportar el sarcasmo. Le respondo conteniendo mi frustración.

— No te burles de mí.

— Aiyanna la ayuda a instalarse en su habitación. Que no deshaga las maletas demasiado rápido. Si tengo la menor duda sobre ella, la mando de vuelta en el primer avión sin ningún remordimiento.

— Quiero verla. Siento que trae problemas.

— Deja de jugar a los malos espíritus Achak, sin juegos de palabras. Esta niñera parece estar muy bien, ha sabido enseguida cómo canalizar a mi sobrina, que no es nada fácil, como sabes, y ella se ha apresurado para pasar tiempo con Isabelle, así que cálmate.

Gruño mi desaprobación. Seré el único para opinar frente a esta intrusión en nuestras vidas y lo sabe.

— Guarda tus garras, Achak.

Ni siquiera me había dado cuenta de que se me habían salido espontáneamente. Nunca pierdo el control de mi animal normalmente. Una prueba más de que se trama algo inhabitual.

— Te la voy a presentar para que dejes de preocuparte y después, dedica un poco de tiempo a jugar con tu sobrina.

Mi hermano me deja solo al pie de las escaleras de su casa y aprovecho para entrar. En ese momento, algo me intriga, un aroma que flota en el aire y que no consigo identificar. Mi lince se queda en la superficie, al acecho. Quiere seguir el rastro de ese olor hasta su origen. ¡Extraño! Mi olfato no está hecho para la caza, sólo para reconocer los territorios de la manada. Entonces, ¿por qué mi felino me asegura que el olor es importante, que pertenece al clan?

Todavía estoy en mis reflexiones cuando Tyee vuelve con la mujer más guapa que haya visto nunca. Me quedo sin voz. Está vestida con un simple vaquero de pitillo que realza sus largas piernas y un suéter de cachemira ajustado al pecho. Es preciosa, con su piel pálida, sus grandes ojos marrones inocentes y su largo cabello del mismo color que roza su baja espalda. Me la imagino en mis brazos, el contraste de su cuerpo flexible y claro contra el mío, pasando mis dedos entre sus largos mechones color chocolate mientras hablamos después de habernos unido. ¿Pero que me pasa? Nunca había reaccionado de manera tan violenta frente al sexo opuesto. Y no me faltan conquistas, nada más lejos. Tengo un cuerpo atlético que provoca miradas concupiscentes y sumado a mi posición en el clan, digamos que no me faltan propuestas. Pero siempre son relaciones puramente carnales, mientras que ahora, siento una necesidad diferente, una atracción tanto del alma como del cuerpo.

Me lleva un momento darme cuenta de que Tyee me mira frunciendo el ceño, esperando a que reaccione. Efectivamente, me he quedado inmóvil durante un momento frente a tal belleza. Me aclaro la garganta para volver en mí y evitar de ponerme a babear ante esta diosa bajada del cielo y le tiendo la mano para presentarme:

— Buenos días, soy Achak, el hermano de Tyee.

— Isabelle, dijo tomando mi mano.

Su voz y su piel suave hacen temblar, pero nada comparado a cuando inspiro. Una ola de flores de los campos y de los ríos se apodera de mi nariz. Mi lince, que habitualmente es muy tranquilo, me araña la piel para liberarse. Quiere conocer a esta mujer y frotarse contra ella. Me cuesta mucho contenerlo. La realidad que mi lince me grita en el interior de mi cabeza me golpea con la fuerza de un búfalo.

Esta mujer es la otra mitad de mi alma, la persona a la que voy a amar y venerar hasta el final de mi vida. Es mi pareja, sin ninguna duda. Los cambiantes sentimos este fenómeno sin ninguna ambigüedad en todo nuestro organismo sin tener ningún control sobre ello. Por eso, los espíritus me han dejado en la ignorancia. Para que no tuviera ocasión de huir de mi destino por miedo a lo desconocido o por prejuicios hacia los extranjeros.

Una vez que la conocemos, todo nuestro universo se focaliza en nuestra compañera, es lo más importante para nosotros. No consigo quietarle la vista a Isabelle. Me gustaría devorarla y mi lince me empuja realmente a ello. Además, los espíritus no tenían de qué preocuparse, no tengo ningún miedo, acepto mi futuro con reconocimiento. El destino me ha enviado una verdadera princesa y tengo la intención de tratarla como tal. Todo lo que tengo que hacer es hacerla mía.

Capítulo 3

Isabelle

El hombre me mira de arriba a abajo como si me fuera a crecer una segunda cabeza y sigue aun agarrándome la mano. No me siento incomoda, a eso ya estoy acostumbrada, ya es directamente vergüenza lo que siento. Tengo ganas de escapar corriendo sin darme la vuelta. Hay una chispa en su mirada difícil de descifrar. Un destello salvaje que me hace pensar en un depredador que identifica su presa. Por muy maravilloso que sea, esta vez soy yo la que lo encuentro raro. Parecía contrariado cuando entré en la habitación con mi jefe, y ahora me examina con sus ojos azules, los mismos que los de su hermano y la niña, probablemente marca de fábrica de esta familia. Me siento al desnudo y odio eso. No me gusta ser el centro de atención. Me trae malos recuerdos.

«— ¿De verdad crees que te queríamos en esta fiesta, Isabelle? Sólo eras la atracción de la noche, el aperitivo para crear ambiente, para divertirnos.

Ahora, lárgate de aquí solitaria, no te queremos con nosotros».

Hum, los recuerdos de la única fiesta a la que he ido son horribles. Primero, la multitud me rodeó para burlarse de mí y luego me echó fuera como a una persona ingrata.

Veo los músculos del hombre que tengo delante, enrollados en su camisa azul bien cortada, sus piernas apretadas en su vaquero negro que parecen plantadas en el suelo, su pelo negro que le llega por los hombros y su tez mate, no es posible confundirse sobre sus orígenes amerindios. Su imagen corta el aliento y asusta al mismo tiempo. Se me contrae la tripa por la multitud de sensaciones diferentes y contradictorias. Siento el estrés subir en mí. Es hora de que termine esta conexión visual. Me sudan las manos, mi corazón palpita de pánico y al mismo tiempo, estoy fascinada. Tengo que salir ya de esta habitación, bajo cualquier pretexto. Recupero bruscamente mi mano de un tirón seco y salgo precipitadamente del salón explicando rápidamente que Aiyanna me espera para hacerme una visita guiada de la casa. A salvo en mi habitación, me pregunto de verdad qué acaba de pasar. Nunca me ha prestado atención ningún hombre, y menos aún, mirándome con una chispa de interés y de deseo. Mi reflexión no dura mucho, el pequeño rayo de sol de esta casa me muestra mi nueva habitación. Voy a vivir en el seno de esta familia durante unos años, si todo va bien. Tengo que familiarizarme con el lugar. Además de mi habitación en el piso de arriba, descubro otras cuatro habitaciones, cada una con su cuarto de baño. Todas están decoradas con gusto, en tonos cálidos, y todas tienen amplios ventanales que dejan entrar los rayos de sol, haciendo muy agradable el lugar. La de la enana está justo al lado de la mía, para que sea más práctico. En la planta baja, descubro una gran cocina completamente equipada y abierta al inmenso salón en el que ya no hay nadie. Mejor. Un segundo encuentro con Achak en tan poco tiempo habría sido demasiado para mí.

Todas las aperturas de la casa dan al parque que bordea la casa, cosa en la que no me había fijado antes por lo que me perturbaba la presencia de un cierto amerindio. El chico salió con el señor Pontiac. Los veo hablar juntos a través de las ventanas. El primero está tenso como un arco mientras que el segundo parece jovial. Eso me deja perpleja. Este hombre tiene reacciones realmente extrañas con sus interlocutores. Cualquiera diría que tiene un desfase emocional peor que el mío. Sin darme cuenta, mi tornadito me lleva a la cocina y nos lanzamos a preparar galletas. Hum, buena idea. Voy a hacer lo que me gusta: divertirme con una niña cocinando repostería, y la guinda sobre el pastel, la merienda va a estar deliciosa. Todo en uno. Y una excelente manera de amansar a una muñequita y olvidar todas las preguntas que florecen en mi mente cuando pienso en cierto hombre que no nombraré.

Capítulo 4

Achak

— Bueno, Achak, ¿me explicas lo que te pasa? Pensaba que tendría que aguantarte para que no la atacaras y en lugar de eso, te he visto petrificado ante ella. ¿Qué te han anunciado los espíritus? ¿Tan horrible es?

Parece preocupado, todo lo contrario que hace un rato.

— No, había interpretado mal el mensaje de los espíritus. Nada grave previsto.

Nada importante para la tribu en todo caso, sin embargo, mi vida acaba de dar un vuelco y eso me hace muy feliz.

— ¿Tú no has entendido lo que te ha soplado el Gran Manitou? ¿Qué me escondes?

Mi hermano me conoce demasiado bien y es un cabezota. No dejará pasar esto hasta que no confiese. Además, puedo necesitar su ayuda. Me puede ayudar a saber más sobre mi promesa. Pero me hubiera gustado guardarme esta información un poco más. Le respondo a regañadientes.

— Ella es mía, murmuro.

— ¿Perdona? Creo no haber escuchado bien.

— Isabelle es mía, le contesto más fuerte.

Tyee abre los ojos como platos y luego se parte de risa.

— ¿La linda humana es tu media naranja? Es muy gracioso.

— No veo qué encuentras gracioso. Es mi mujer, es mía y voy a tomarla como tal. No tiene nada de cómico. Todo lo contrario, es muy serio.

Pero, aun así, no paró. Se reía tanto que le lloraban los ojos. Me pone de los nervios, como mi lince que bufa en mi cabeza. Mi hermano coge aire para explicarme, entre dos ataques de tos, la razón de su risa.

— Olvidas una cosa Achak. Ella es humana, no cambiante. No conoce nuestro mundo, ni siquiera nuestra existencia y entonces, incluso si siente el lazo que os une, no entiende lo que significa. Por primera vez en tu vida, una mujer no va a caer en tus brazos con un sólo chasquido de dedos. Y te puedo decir que te va a costar. Vi el miedo en sus ojos hace un rato.

Parece que la situación le divierte. Es evidente que no ha tenido ningún problema con su mujer que ya formaba parte de la tribu. Además, cuando pienso en el miedo de Isabelle, me lleno de ira contra mí mismo.

— Sí, lo sé, ha flipado al mirarla fijamente como un psicópata, pero no me esperaba esto. El espíritu del trueno, Asagaya, me fulminó ahí mismo. Cuando vi esa belleza, ya no podía quitarle los ojos a su silueta. ¿No tienes un consejo para mí?

Por fin vuelve a ponerse serio para decirme lo que piensa.

— Déjale tiempo y haz las cosas bien, si no, la perderás incluso antes de haberla conquistado. Y sabes que los espíritus sólo han creado un alma gemela por animorfo. No tendrás una segunda oportunidad. No desperdicies todo jugando al conquistador.

Tyee entra a su casa y me deja rumiando sus últimas palabras. Sé que tiene razón, no es nuestro jefe por nada. Tengo que darle espacio a Isabelle. Mi lince no está de acuerdo y me lacera las entrañas por ese pensamiento. Como yo, sabe que es nuestra compañera y la sutilidad no forma parte de sus instintos. Quiere ir a buscarla y marcarla como nuestra inmediatamente. Al contrario que el animal, yo sé que saltar sobre una mujer para morderle el cuello no es el mejor medio de entrar de caerle bien. Isabelle es diferente a las otras mujeres que me he llevado a la cama hasta ahora. A ella no le interesará nada mi posición de chamán de la tribu.

Tengo que pensar tranquilamente, y sobre todo lejos de su olor embriagador que me atrae como un faro en la noche y perturba mis sentidos. Necesito un plan para poder acercarme a ella y engatusármela. La quiero en mi vida y en mi cama toda la eternidad. Incluso si ni yo ni mi animal brillamos por nuestra paciencia, tengo que demostrar mi sutilidad. Isabelle parecía una cierva atemorizada ante los faros de un coche cuando le estrechaba la mano. Estoy convencido de que no tiene contacto social a menudo, aunque no entienda por qué. Tengo que conocerla más para saber cómo abordarla y gustarle. Tras una última mirada a la cocina, donde la veo sonreír a mi sobrina, me voy al coche esperando que, un día, me mire de la misma manera. Vuelvo a mi casa con un vacío en el pecho crece a medida que me alejo de ella. El vínculo entre almas gemelas no permite alejarse a la pareja cuando sabe la importancia que el otro ocupa en nuestro corazón. Ahora bien, soy totalmente consciente de que he tenido un flechazo por la bonita francesa.

Como para echarle leña al fuego a mi humor lúgubre, Takhi espera delante de la puerta. A mi lince no le cae bien en tiempo normal, pero hoy, ni siquiera soporta su olor.

— Hola Achak.

— Buenos días, Takhi, ¿puedo ayudarte en algo?

Me hago una ligera idea cuando me agarra el brazo y se pone a ronronear. Intento conservar la sangre fría, pero en el fondo de mí, mi animal saca los colmillos.

—Tengo ganas de un abrazo. ¿Puedo entrar?

Me libero de ella y me doy un paso atrás.

— Lo siento, pero eso no volverá a pasar. Me gustaría que te fueras de mi propiedad.

— No digas tonterías, Achak, nos divertimos mucho los dos juntos. Y te encanta lo que te hago.

Intenta besarme y la rechazo, lo que le hace sacar las garras.

— ¿A qué estás jugando?

— Acabo de encontrar a mi alma gemela, Takhi. A partir de ahora, sólo ella podrá tocarme. Estoy seguro que tú también terminarás por encontrar el amor de tu vida.

Su cara se contrajo de furia un instante antes de ponerse una máscara sin expresión.

— ¿Y quién es la feliz elegida? Creía que esa mujer no se encontraba en el seno de la tribu.

— Exacto. Es la joven *au pair* que Tyee acaba de contratar.

— ¿Una extranjera ? Nunca podrá darte lo que necesitas. Tu lince no la aceptará como me acepta a mí.

— Te equivocas. Mi lince está impaciente por marcarla.

La chica me escupe a la cara que me arrepentiré sin tardar de esta decisión y se va de mi territorio.

Es la primera vez que rechazo las insinuaciones de alguien y espero de verdad que sea la última vez. No entiendo el enfado de Takhi. No ha habido nada serio entre nosotros, sólo algunas noches de sexo sin promesas.

A partir de ahora, no se me acercará nadie más salvo Isabelle y es mejor así, porque este momento me deja un sabor desagradable.

Capítulo 5

Isabelle

Ya hace una semana que estoy en este pequeño paraíso en los confines de Canadá. La vida con los Pontiac es realmente genial. Son personas abiertas y simpáticas. Se ha creado un vínculo de amistad entre Tyee, Aquene y yo. Es desconcertante y reconfortante, porque se ha producido de manera natural, fácil y sin esfuerzo de mi parte. Me han acogido con los brazos abiertos y me han integrado a su familia tan fácilmente que me cuesta creerlo. Nadie me ha aceptado nunca en veinticinco años y ahora, en apenas siete días, acabo de encontrar una segunda familia y este vínculo de confianza y de afiliación tan particular que echo en falta desde la desaparición de mis padres. Empiezo a decirme que el nuevo comienzo que quería se puede hacer aquí.

Todo empezó cuando hablamos de Aiyanna y de lo que esperaban de mí desde un punto de vista profesional. Por supuesto, la peque ha puesto su granito de arena diciéndome todo lo que le gustaba y lo que no le gustaba hacer. Jugar a las muñecas, cocinar, pintar y pasar mucho tiempo en la naturaleza. En resumen, nada sorprendente viniendo de una niña pequeña de cuatro años llena de vida y de energía. Sus padres quieren que también me ocupe de la limpieza y de la comida. Entiendo, están muy ocupados y eso forma parte de las tareas que pueden pedírsele a una *au pair*. La pareja se ocupa de todas las actividades del parque Blue Jay, del arborismo a la organización de marchas, pasando por las actividades náuticas en el lago. Y yo estoy aquí para respaldarles con su hija, pero también con el mantenimiento y la organización de la casa. Poco a poco, los días siguientes a mi instalación, fui conociéndolos durante las comidas. Querían conocer mi vida en Francia, por qué había decidido expatriarme tan lejos, si alguien me esperaba allí o si tenía la intención de quedarme en la isla.

El comienzo de esta conversación fue una dura prueba. Les hablé de la muerte de mis padres, del hecho de que me había sumergido en el trabajo para olvidar el vacío que habían dejado, lo que explicaba la ausencia de amigos o de hombre en mi vida, desde su punto de vista, en todo caso. Pensaron que me había replegado sobre mí misma y, por lo tanto, cortado el mundo sin imaginar un solo instante que, en realidad, no había nada que cortar, pero no tuve el valor de decirles la verdad. Por suerte, la chiquitina desvió rápidamente la conversación hacia París y eso me permitió relajarme. Quería saber todo sobre la torre Eiffel, el Campo de Marte y Versalles. Demostró una curiosidad sin límites. Así que le enseñé fotos de la capital ¡y con lo único que se quedó fue con la ausencia de árboles! No me sorprende. Esta niña está enamorada de la naturaleza, podría permanecer fuera durante horas. Con el paisaje que la rodea, no me sorprende. La niña cerró la conversación diciéndome que mi acento le parecía gracioso, pero que le gustaba escucharme hablar. Creo que, a partir de esa noche, se hizo un lugar en mi corazón.

Con Tyee y Aquene, terminamos incluso tuteándonos. Después de todo, vivimos bajo el mismo techo, es mucho más ameno. Después de descubrir diversos objetos amerindios durante una de mis sesiones de limpieza del salón, me explicaron que pertenecen a la tribu Ottawa de Manitoulin de la que, por cierto, Tyee es jefe. Esta tribu que posee una gran parte de la isla. Su hermano Achak es su chamán y la familia es responsable de la organización de Pow Wow que tendrá lugar al final del verano, o sea, en tres meses. Creo que tenía cara de ingenua cuando empezaron a hablarme de sus creencias y leyendas. Es un verdadero contraste con mi lado ateo. Pero me encanta el significado de sus nombres tan inhabituales para mí. Mi nueva amiga me explica:

— Tyee significa «jefe», Aquene quiere decir «paz» y Aiyanna, es «flor eterna».

Es un mundo desconocido para mí y por muy fascinada que esté me cuesta concebir un mundo en el que la gente cree en los animales tótems y en el que alguien oye el espíritu de la Madre Tierra. Soy de mente cartesiana y su universo me resulta confuso.

Aiyanna está completamente sumergida en esta cultura, lo que explica su amor por la naturaleza y su necesidad de libertad. Mi día a día con ella está marcado por nuestros paseos en el parque de al lado de la casa. Nos escondemos detrás de los pinos, observamos los gamos y las ardillas. En fin, esta niña pequeña me muestra la fauna y la flora que nos rodea y, al final, es ella la que me enseña y yo la que aprendo. Pero sigo poniéndome nerviosa durante nuestras salidas, no puedo quitarme la impresión de que alguien me espía, aunque nunca veo a nadie.

Capítulo 6

Achak

Las observo divertirse y reírse juntas en el parque y mi estomago se retuerce. Hace una semana que contemplo a Isabelle en mi forma de lince cada tarde, escondiéndome entre los helechos para que no me vea. Así puedo hacer esperar a mi animal, cada vez más hosco cuando está lejos de su compañera. Llevo una semana intentando saber cómo acercarme a ella y no me viene ninguna idea a la cabeza. Medito todas las noches llamando al espíritu de Wakan Tanka, pero se queda en silencio. Mis sueños no me aportan ninguna respuesta, sólo los habitan imágenes de Isabelle en las que no consigo alcanzarla. Creo que los espíritus están jugando conmigo.

Me recojo un poco más en el suelo cuando Aiyanna pasa justo delante de mí para volver a casa. De repente, Isabelle aparece a dos pasos de mi hocico. Estaba distraído e hice crujir una ramita con mi pata. Está claro que su olor, asociado a su presencia, es una fuente de perpetua distracción. Bueno, sólo me queda poner mi sonrisa de lince más bonita, esconder mis colmillos y hacerme pequeñito para no asustarla. No va a ser fácil. Le doy miedo en mi forma humana, así que temo su reacción ante mi animal. Si sale corriendo, no podría impedir a mi lince lanzarse a cazar la presa más guapa. Salgo de entre los helechos reptando y me tumbo a un metro de sus pies bajando la cabeza para no parecer amenazador. Isabelle, al principio, retrocede. Espero unos minutos sin moverme, invocando a los espíritus para que me echen de una vez una mano, y la siento acercárseme temblando, sin por ello llenar el espacio que nos separa. Inclina la cabeza hacia un lado, me observa, sopesa los pros y contras.

— ¿Qué animal eres tú? Nunca te había visto antes.

Suspiro de felicidad sólo por oír su voz. La echaba en falta. El milagro se produce cuando se puso en cuclillas, me tendió la mano, vacilante, y al final me acarició detrás de las orejas. Nadie antes había acariciado mi lince y el animal estaba encantado. Ronroneaba de placer y ella se dio cuenta.

— Ey, ¿eres tú el que ha hecho ese ruido?

Levanto lentamente la cabeza y sumerjo mi mirada en la suya. Me ahogo literalmente dentro. Sus ojos no son totalmente marrones como creía, también tienen chispas verdes que bailan alrededor de sus pupilas. Hipnotizan. Podría pasar horas contemplándola. Isabelle me mira con una mezcla de aprensión y fascinación.

— Pareces un gato muy muy grande. Eres magnífico.

Giro la cabeza bruscamente al escuchar la voz de mi sobrina llamando a Isabelle. Esto le da un susto y se cae para atrás con el movimiento. Me ha pillado desprevenido por segunda vez en unos minutos. Definitivamente, me estoy volviendo blando.

— Tengo que irme, gato bonito, esta niña pequeña me necesita. Quizá nos volvamos a ver.

Se fue sin darse la vuelta tras recompensarme con una última caricia sobre mi espeso pelaje. Apoyo la cabeza sobre las patas un momento, para aclararme las ideas. Sigo sintiendo sus manos sobre mi animal y la imagino prestándome la misma atención en mi forma humana. Me vuelvo a poner a ronronear inmediatamente. Es hora de concretizar mis fantasmas antes de volverme loco.

Venga, está decidido, me voy a lanzar. Mi lince no esperará pacientemente mucho más de todas formas. Acabará por tomar el control por la fuerza para cazarla. Además, parece apreciar mi lince, así que me tiene que querer a mí también porque somos uno. Sólo me queda demostrarle que estoy echo para ella y que no soporto más no tenerla entre mis brazos. Esta noche, mi hermano tendrá un invitado en su mesa.

Capítulo 7

Isabelle

La cena está casi preparada cuando mis jefes vuelven de su trabajo. Aiyanna salta en sus brazos para saludarlos. Esta niña es adorable. Luego, vuelve conmigo, acompañada de su padre.

— ¿Puedes poner otro plato más por favor? Tenemos un invitado sorpresa.

— Por supuesto, quizá deba dejaros tranquilos con vuestro amigo. Puedo comer en mi habitación.

— No digas tonterías. Tú formas parte de la familia, cenas con nosotros. Estoy convencido de que nuestro huésped estará encantado de hablar contigo.

Estoy perpleja ante su aire misterioso, pero no digo nada. Parece que quiere que esté presente, a priori.

— Vale, como quieras.

La princesita me está ayudando a poner la mesa cuando se oyen unos pasos en la entrada.

Me doy la vuelta y me topo cara a cara con Achak. No me lo esperaba y me quedo atónita un instante.

— Buenos días, hermosa Isabelle.

Trago saliva con dificultad. Su presencia me perturba mucho. ¿Cómo puedo estar a la defensiva y atraída al mismo tiempo? Me deshago el nudo de la lengua para mostrarme educada.

— Buenos días.

Y ya está otra vez, mi voz temblando. Soy patética. No puedo remediarlo, me intimida. Al estar tan cerca de mí, me doy cuenta de lo alto que es, al menos 1 metro 90. Con mi pequeño 1 metro 60, me siento minúscula, y eso no me ayuda a relajarme.

Nos sentamos en la mesa y evidentemente, me ponen al lado del tipo guapo que me roza el hombro o el muslo a cada movimiento, como si lo hiciera adrede. Siento su calor a través su ropa y otro calor totalmente diferente sube en mí. La familia habla tranquilamente sin darse cuenta de mi conmoción e intento pasar desapercibida para no hacerme notar.

— ¿Ha tenido tiempo de visitar la región, Isabelle?

Mi boca permanece herméticamente cerrada y Aquene viene en mi ayuda respondiendo a Achak en mi lugar.

— La pobre, no ha tenido un instante libre. Trabaja sin descanso desde su llegada. Por cierto, mañana tienes libre, así mi cuñado encantador podrá enseñarte los alrededores.

Me entra el pánico, literalmente, sólo de pensar en pasar tiempo a solas con él. Tengo la impresión de haber sido víctima de una emboscada. Sin embargo, he hablado abiertamente con mi jefa una noche. Ella sabe perfectamente que mis relaciones con el género masculino, son cuanto menos, complicadas.

— Es amable por tu parte, Aquene, pero estoy segura de que Achak tiene cosas más importantes que hacer. Puedo pasear sola sin problemas.

Achak no me deja argumentar.

— Al contrario, estaría encantado de pasar el día con una mujer tan guapa como tú. Vendré a buscarte a las nueve, mañana por la mañana. Ya verás, este lugar es mágico. Después del programa que voy a planear para ti, no querrás irte nunca más.

Ahora sí que me entra el pánico de verdad. Un cumplido y una cita en la misma frase, siento mis mejillas incendiarse. Me pongo a balbucear, evidentemente.

— Vale. En ese caso, mejor me voy a dormir ya. Estoy cansada. Pasad una buena noche.

Me voy de la mesa corriendo, bajo sus miradas incrédulas, pero me da igual. Necesito de verdad aislarme.

Por desgracia, no consigo dormirme, tengo demasiadas cosas en la cabeza. Achak quiere pasar tiempo conmigo. Y Aquene he hecho todo lo posible para animarle. Y ahora yo, estoy totalmente perdida. He oscilado entre la emoción y el agobio durante toda la comida.

Como no puedo dormir, salgo de puntillas al jardín. Un paseo nocturno me sentará bien y con un poco de suerte, me aclarará las ideas. Al escuchar un ruido entre las hojas, supongo erróneamente, que el gato de antes sigue por los alrededores. Pero es un animal más delgado y se precipita hacia mí con todas las garras fuera. Sin ninguna duda este animal es mucho menos amistoso que el otro. Apenas me da tiempo de refugiarme en la casa. Miro por la ventana y percibo lo que parece un gato, más pequeño que el otro con el que ya he tratado, que me mira con malos ojos. A partir de ahora, voy a tener cuidado y voy a advertir a Aiyanna y a sus padres. Les diré que en el parque no sólo hay amables animalitos, a pesar de lo que dice Aquene.

Esa noche, mis sueños están invadidos por un magnífico lince con el pelaje gris, manchas negras, unas orejas puntiagudas coronadas por un plumón de pelo largo, una gorguera de piel alrededor del cuello y, sobre todo, unos ojos azules chispeantes. Achak se encuentra a su lado, siento una conexión entre ellos como si se conociesen desde siempre.

Capítulo 8

Achak

Me ha costado dormirme, estaba demasiado excitado por la proximidad de Isabelle anoche. Haberla rozado varias veces durante la cena ha subido peligrosamente mi temperatura. Y no sólo eso para ser honesto. Me ha hecho falta una ducha fría para que baje mi erección. Pero ha valido la pena, porque hoy, la voy a tener entera para mí todo el día y voy a hacer todo lo que pueda para seducirla. De ninguna manera volveré solo a casa esta noche. No quiero pasar una sola noche más sin ella.

La espero al pie de las escaleras de la casa de mi hermano y mi impaciencia va en aumento, pero de repente, ella aparece, vestida con unos leggins rematados por unas botas que le llegan hasta los muslos, y el pelo recogido simplemente en una coleta. Simple, pero eficaz, está preciosa. La tiendo la mano para llevarla hasta el coche, la veo tragar saliva antes de posar su mano sobre la mía. El contacto vibra en todo mi cuerpo. Le abro la puerta apretando los dientes y doy la vuelva al coche intentando recuperar el autocontrol. El trayecto de media hora que nos separa del punto de salida del sendero Cup and Saucer va a ser interminable con su olor embalsamaste en el habitáculo. Isabelle permanece en silencio durante todo el viaje, escuchando la música de la radio. No me hace gracia, necesito que esté relajada, que se abra a mí, y parece más bien estar a la que salta.

Ya en el destino, observa la flora, que sólo interrumpe el camino que serpentea a través de la vegetación.

— ¿Qué hacemos aquí?

— Una caminata. Hay vistas extraordinarias por aquí. Es el lugar ideal para hacerte descubrir la belleza de la isla.

Ella asiente y espera a que coja una mochila del maletero antes de precipitarse hacia el camino.

— El recorrido tiene unos trece kilómetros. Nos he preparado un picnic para que tengamos todo el tiempo de disfrutar del paisaje y hacer pausas si lo necesitamos.

En todo caso, yo lo disfruto plenamente cuando le indico que pase delante y le miro el culo. Cielos, tiene un culo exquisito que tengo muchas ganas de morder. Mi lince me empuja a saciar esta pulsión. La mañana transcurre a ritmo de preguntas sobre la fauna y la flora que cruzamos. Ella se tensa a cada ruido en el follaje, como si temiese un ataque. No me explico que tenga ese temor repentino y que acaricie mi animal sin ningún miedo.

A mitad de camino, llegamos a un claro e Isabel parece maravillada. Hay que decir que el paisaje tiene algo mágico. Estamos sobre una plataforma rocosa blanca que domina sobre el lago Manitoulin, con un contraste de montañas al fondo y águilas que vuelan sobre nuestras cabezas. Pongo nuestra comida sobre una manta sin que ella se diera cuenta de lo absorbida que estaba.

— Perdón, ni siquiera te he ayudado.

— No importa, estoy encantado de que el paseo te deje muda.

La chica se instala sonriéndome y mi corazón se para un segundo. Por fin, se deja llevar. Esa es la sonrisa que deseaba ver desde hace una semana.

— ¿Puedo hacerte otra pregunta?

— Claro, pregúntame lo que quieras.

— ¿Qué significa tu nombre? Aquene me explicó que ningún nombre se decide al azar en vuestra cultura.

Me encanta que se interese por mi pueblo. Es una parte importante de mi vida y me reconforta ese interés.

— Exacto. El mío quiere decir «espíritu». Yo soy el chamán de mi tribu. En mi cultura, pensamos que todos los seres vivos tienen un espíritu y yo soy capaz de oírlos. Mi pueblo venera la Vida animal, la Naturaleza, y la Madre Tierra y yo sirvo de unión entre todo esto.

— Entonces, seguramente puedas acararme algo. Ayer, conocí un, como decirte, ¿gato muy grande?

Me hago el inocente. No sé si debería estar al corriente de este encuentro

— ¿Un gato muy grande? ¿Puedes describírmelo?

— Al menos de un metro de largo, treinta y cinco kilos, pelaje gris moteado.

¿De verdad me ha tomado por un gato? Cuando me llamó de esa manera ayer, pensé que era para sentirse segura. ¡Jo, eso duele! Incluso mi lince se ha ofendido. Olfatea con desdén.

Capítulo 9

Isabelle

Jo, Achak pone una cara muy rara, cualquiera diría que ha mordido un limón.

— Has visto un lince, no tiene nada que ver con un gato. Es un animal majestuoso, territorial y feroz.

Guau, viendo su exasperación, creo que he metido la pata.

— Perdón, no he querido ofenderte. Es la primera vez que veo uno y me ha dejado acercarme sin problema. Incluso lo he acariciado. No parecía en absoluto salvaje.

— Has conseguido hechizar un lince, se ha derretido ante tu belleza, como yo.

Me pongo como un tomate. Sin duda, este hombre es un seductor y no es que no que no me guste, siempre y cuando eso me sea reservado.

— Gracias por el cumplido, pero no tengo nada de excepcional. ¿Hay muchos linces por los alrededores? Porque creo haber encontrado otro anoche. Más pequeño, pero mucho más agresivo, he de decir.

— Unos pocos. El lince es mi animal tótem.

— ¿Qué es eso?

—El lince es mi espíritu protector, tengo un lazo particular con él.

Vuelvo a pensar en mi sueño, es exactamente la impresión que me dejó, pero ¿cómo podía saberlo? Y otra vez ese sentimiento de no entender algo que tengo delante de las narices.

Prefiero guardar distancia por el momento. Recogemos juntos lo que queda en el suelo y nos pusimos en marcha de nuevo.

— Nos quedan unos seis kilómetros, ¿no estás demasiado cansada?

— No, no te preocupes.

Pero, casi no había terminado mi frase cuando me tropiezo con la raíz de un árbol y me caigo de frente.

Capítulo 10

Achak

Sólo me da tiempo de extender los brazos para impedir su caída. Tengo a Isabelle contra mí, entre mis brazos, y siento su calor a través de mi ropa. Su pecho se eleva rápidamente contra mi torso y yo aseguro mi agarre alrededor de su cintura, con las manos justo por encima de sus riñones. Cuando levanta la cabeza, nuestras miradas se atrapan y no puedo resistirme, me inclino y poso mis labios sobre los suyos. Ella pone tensa, antes de devolverme el beso. Me enciendo y le acarició la boca con la punta de la lengua para pedirle permiso de entrar, enrollando su coleta alrededor de mi puño para que incline más la cabeza hacia atrás. Cuando entreabre los labios, me pongo eufórico. Su sabor explota en mi boca. Canela y chocolate. Sensualidad y perdición. Tengo ganas de devorarla, su sabor es adictivo. La exploro tanto como me permite el aliento, deslizo una mano entre los mechones de su pelo suave como la seda y le sujeto la cintura con la otra.

Disfruto cuando ella me pasa los brazos alrededor del cuello y se agarra a mi como si su vida dependiera de ello.

Pero ella grita de dolor y me levanto brutalmente. Sin aliento, le pregunto:

— ¿Te has hecho daño?

Un rubor se desliza de sus mejillas hasta su escote. Precioso. Querría abrir su túnica para saber hasta dónde baja este color.

— Me duele el tobillo. No es nada.

En cuando se apoya en la pierna, pierde el equilibro y pone cara de dolor.

— Déjame ver.

La llevo hasta una gran roca cerca y me obligo a posarla. Es una verdadera tortura soltarla. Le quito con delicadeza la bota y levanto sus leggins. En otras circunstancias, acariciaría y besaría cada centímetro de su piel al descubierto. El tobillo ha doblado su volumen, sin duda no podrá continuar en estas condiciones.

— Voy a llamar al equipo de rescate y ponerte una mixtura en el pie para aliviarte el dolor.

— ¿Tienes lo que hace falta en la mochila?

— No, pero como te he dicho, soy chamán, conozco las plantas y sus virtudes. Vuelvo en dos minutos.

Me adentro un poco entre los árboles para encontrar los ingredientes que necesito y vuelvo a pensar en sus últimas palabras. ¿Se ha encontrado con otro lince? Sólo mi familia tiene el lince como tótem y ningún miembro le habría querido atacar. ¿Uno más pequeño? Un lince salvaje quizá, porque los linces cambiantes son más grandes que sus simples congéneres.

Cuando encuentro y machaco los ingredientes, le unto la pasta sobre la zona inflamada. Isabelle se estremece con mi contacto y se le acorta la respiración.

Capítulo 11

Isabelle

Nunca he sentido una atracción como esta por nadie. Literalmente, me he derretido con su beso y su masaje de tobillo me ha excitado. Y sólo el pie, ¡por Dios! Quiero más. Mi cuerpo arde y mis bragas están empapadas. Apenas lo conozco, es de locos. Y eso que no soy en absoluto impulsiva. Siento escalofríos por mi columna vertebral de la intensidad de mi deseo.

— ¿Tienes frío?

— Un poco sí.

Se instala a mi lado y se pega a mí para compartir su calor, me siento tan bien entre sus brazos. Podría quedarme así durante horas.

— Alguien va a venir a ayudarnos, pero no llegará antes de al menos una hora.

Una hora para disfrutar de su cercanía. Un verdadero incendio se desencadena en mis partes bajas. Estoy hipnotizada por sus bonitos ojos azules. Nos volvemos a besar con más pasión todavía. Nuestras lenguas luchan, se acarician, se enrollan. No puedo resistirme más, meto las manos por debajo de su camisa. Sus abdominales se contraen a mi contacto. Su piel es suave, dura y está ardiendo al mismo tiempo. Le araño ligeramente la piel de los hombros hasta los codos. Recorro todo su cuerpo y el mío. Desliza mi mano por dentro de mi túnica y roza mi sujetador. Mis pezones se erigen como dos rocas duras. No puedo evitar soltar un gemido. Me desabrocha el sujetador para tener un mejor acceso y me agarra el pecho con toda la mano, haciéndome cosquillas en el pezón. Me agarro a él y le beso hasta quedarme sin aliento.

— Espera un poco. Déjame a mí.

No sé lo que quiere que espere, pero estoy lista para dejarme hacer lo que desee con tal de que volvamos a besarnos. Me siento audaz y tengo mariposas en el estómago.

Capítulo 12

Achak

La levanto y la poso a horcajadas sobre mis muslos, intentando no tocar su tobillo. Me aprietan los vaqueros, de las ganas de adentrarme en ella. Le quito la túnica y le desato el pelo con un único movimiento. Su pecho se encuentra ahora al aire, delante de mis ojos. Unos pechos menudos, pero firmes, que me caben perfectamente en las palmas de las manos. Atrapo la punta del seno con mi boca mientras que masajeo el otro con mi mano libre. Isabelle aprovecha para desabrocharme la camisa y acariciarme el torso con más libertad.

— Eres tan guapa, tan suave. Eres mía.

— Tengo ganas de ti.

Sueño con oír estas palabras salir de su boca desde hace días. Me traza un camino de besos de hombro a hombro. Estoy ardiendo y me duele el sexo. Paso mi boca al otro seno, le hago cosquillas, le mordisqueo mientras ella se frota contra mí gimiendo. Es la música más bonita que haya oído nunca. El sonido que deseo oír durante el resto de mis días.

Dibujo espirales en su cuerpo con la punta de los dedos, bajando lentamente hacia la goma de sus leggins, y atravieso esta barrera vestimentaria. Su braga calada inflama mis sentidos. La atención que di a sus senos ha tenido un efecto directo entre sus muslos. El olor de su excitación refuerza la mía y me hace gritar a mi lince que me empuja a tomarla. Bordeo su ingle y levanto su ropa interior para tocarle el clítoris.

— Deberíamos parar, alguien podría vernos.

— No hay nadie en el camino. Estás tan mojada que te quiero hacer disfrutar.

Ni hablar de parar antes de que haya tenido un orgasmo. Después del placer que voy a darle, no me costará nada llevarla a mi casa esta noche. Le pellizco con suavidad el clítoris y alrededor. Siento la mano de mi otra mitad acariciarme todo lo largo del pantalón. Si seguimos así voy a eyacular en mi pantalón como un adolescente. Meto un dedo en su humedad mientas sigo excitando su centro de placer con el pulgar. Añado mi índice y el vaivén de mis dedos, combinado a la sensación sobre su botón le hace explotar en un grito de éxtasis que aspiro con mi boca. La siento tensarse bajo mi mano. Nunca he visto nada más bello que su cara lánguida después del orgasmo. Deseo prolongar este momento cubriéndola de besos. Por desgracia, todo tiene un fin.

— Eres magnífico, podría mirante durante horas. Pero ahora, es mejor volvernos a vestir. Pronto deberían venir a buscarnos.

— ¿No quieres que te ayude con eso?

Pone una sonrisita pícara. Gruño de frustración.

— Deja de acariciar mi erección, Tehila o no me calmaré antes de que llegue el equipo de socorro. Adivinarán mis pensamientos lujuriosos sobre ti sin dificultad. Me muero de ganas de estar en ti, pero eso tendrá que esperar.

—Vale. Pásame mis cosas, por favor.

Mi tesoro no para hasta que no le pongo sus cosas en las manos y su suspiro de decepción me golpea directamente hasta el pene. Me siento más tenso y apretado en mi ropa interior, mi sexo está preparado para perforar la tela.

Tras volvernos a poner presentables, la acaricio cuchicheándole palabras dulces al oído mientas que ella me mordisquea el cuello. Un instante perfecto.

— ¿Todo va bien por ahí?

Isabelle se sobresalta al oír la voz de Takhi. Mierda.

— Parece que no dejan a uno aburrirse, según veo. Achak, ya puedes darme las gracias como es debido esta noche por haber venido a buscaros a ti y a tu turista.

Mi amada se puso pálida y se soltó inmediatamente de mi agarre. No es posible, los espíritus tienen algo contra mí. De todos los miembros de la tribu disponibles, tenía que ser mi polvo ocasional el que viniese a llevarnos de vuelta. Rodeo la cintura de mi princesa para mantenerla de pie y sobre todo para mantener el contacto con ella.

— ¿No nos presentas, cariño? ¡Qué mala educación! Soy Takhi, una amiga muy íntima de Achak.

Isabelle se aleja de mi cojeando para impedir que la toque y mi corazón sangra. Takhi está jugando a la arpía y mi prometida se me escapa.

— Isabelle. Trabajo para la familia Pontiac.

Su voz es glacial. No quiero que lo malinterprete e intervengo rápidamente.

— Takhi forma parte de la tribu. Takhi, Isabelle es…

— Una simple conocida. Encantada de conocerla.

¿Podemos irnos? Estoy cansada.

<u>Capítulo 13</u>

Isabelle

Me han engañado, como siempre. Las pocas veces que he confiado en un hombre, se ha burlado de mí. De hecho, el último fue más que cruel.

«— ¿Ya te vas?

— ¿Qué te has creído? ¿Qué te iba a pedir matrimonio? Estás buena, pero eres idiota. Te follé sólo para ganar una apuesta con mis amigos. Ahora, me largo, mi tipa me espera».

Creí que Achak era diferente, que el lazo que sentía entre nosotros era real y que nuestra historia podría ser bonita. Pero era mentira. Únicamente quería divertirse. Para él, sólo represento la francesita inocente de la que uno se puede aprovechar y después tirarla. Un nuevo sabor para probar antes de volver a lo clásico. Tendría que haberme limitado a mi decisión de no dejar más al género masculino acercárseme. Los hombres no tienen más dignidad en esta isla que en Francia.

— Déjame ayudarte, Tehila, te vas a hacer daño.

Su novia me fulmina con la mirada, del odio en estado puro. No sé dónde meterme de la vergüenza. Querría desaparecer.

— Ni te molestes, el quad está justo ahí. No necesito a nadie. Mejor, dale las gracias a tu amiga de haber venido.

Me instalo en la parte de atrás del vehículo y la bella amerindia se apresura para sentarse al lado mío, haciendo que me sienta aún peor.

— Te dejo conducir, mi lince, como en nuestros paseos habituales.

Me doy cuenta de que aprieta los dientes, está claramente irritado. Mejor, así no soy la única. Takhi le acaricia la espalda durante todo el camino de vuelta, como para marcar su territorio. No tiene nada de qué preocuparse, Achak no volverá a posar una mano sobre mí. Ahora que sé que hay alguien en su vida, de ninguna manera dejaré que se me acerque, a pesar de la atracción innegable que siento por él. Achak se para al lado de su coche, en nuestro punto de salida y no le concedo ni una mirada cuando me mete dentro.

La pareja discute un poco más lejos mientas que yo espero. El hombre está fuera de sí, en cuanto a la mujer, fulmina. Normal, acaba de sorprenderme en los brazos de su hombre. Qué pena que esté demasiado lejos para espiar su conversación. Estaría curiosa de saber cómo Achak va a arreglárselas esta vez. Takhi es muy guapa, Achak no tenía ninguna razón de ir a buscar fuera y, sobre todo, no en mí, nuestros físicos son muy diferentes. Ella es una morena guapa, pulposa, alta, con un pecho voluminoso, largas piernas musculadas, una cara alargada con unos ojos grandes y bien maquillados, y yo soy menuda y pequeña. Todo lo contrario, a ella. Soy insulsa a su lado. Esto le da una patada más a mi ego que no era ya muy glorioso de por sí.

Me apoyo en la ventana y cierro los párpados. No quiero afrontar una conversación desagradable. Me cansan tanto las relaciones humanas. No necesito que me diga que fue un simple error, un juego y que no represento nada para él.

La vuelta a casa de los Pontiac transcurre en un silencio pesado. No abro los ojos hasta que Tyee me abre la puerta del coche.

— ¿Cómo te sientes, Isabelle?

— Estoy bien. Estoy cansada, más que nada. Voy a tumbarme.

— Isabelle…

— Buenas noches, Achak.

Vuelvo a casa cojeando, sin mirar atrás.

Lo último que quiero es escuchar sus escusas patéticas. Con mi alma generosa, sería capaz de olvidar mi enfado y de volver a caer en sus brazos. Soy tan tonta.

Capítulo 14

Achak

— Lleva tu olor, hermano, pero está enfadada contigo.

— Ya lo sé.

Me dejo caer sobre los escalones de la entrada y me cojo la cabeza con las manos. No ha querido escucharme. No hubiera podido explicarle la situación y ella está herida, física y mentalmente.

— Takhi vino a buscarnos con el quad.

— Ah, adivino el problema. Pasas buenos momentos con ella de vez en cuando y ella no ha guardado el secreto con Isabelle.

— Exacto. Incluso todo lo contario. Ha dado a entender que lo nuestro era serio e Isabelle no me ha dejado desmentir estos malentendidos infundados.

— ¿Y tu olor sobre ella?

— Estuvimos hablando antes de este *quid pro quo*.

Le fascina mi lince ¿sabes? Me ha hecho preguntas sobre él.

— ¿Le has mencionado la existencia de los cambiantes?

— No, no he tenido la ocasión. En realidad, me la encontré ayer en mi forma peluda y ella me preguntó cosas sobre el animal que había encontrado.

— Un encuentro casual, supongo.

— La estaba observando, pero no es ese el problema. Todo iba bien. Isabelle estaba maravillada por el paisaje del parque, estaba relajada y cuando se presentó una oportunidad, la besé. Lo único es que Takhi llegó mientas la abrazaba y directamente, le sacó las garras.

— E Isabelle creyó que estabas engañando a tu novia con ella.

— Sí, supongo.

— Tienes que volverte a ganar su confianza y esto no va a ser fácil. Isabelle es muy introvertida y desconfiada. Creo que no ha tenido una vida muy feliz antes de su llegada entre nosotros. Pon un fin claro a tus aventuras sexuales si realmente amas a tu alma gemela.

— Lo hice el día en el que encontré a mi compañera.

— Parece que tu mensaje no ha sido entendido.

Aparentemente no. No sabía que Takhi quería que la reclamase. Sin embargo, siempre he sido sincero con ella. No soy un santo, tengo mis necesidades como todo el mundo. Pero siempre he guardado la esperanza de encontrar a la mitad que completa mi alma. Nunca he tenido la intención de comprometerme con una mujer que no me era destinada y Takhi lo sabía.

<u>Capitulo 15</u>

Isabelle

Llevo una eternidad llorando en mi cama como una cría. VALE, seguro que no hace más de diez minutos, pero después del ejercicio físico y de la bofetada emocional, estoy muerta. Desearía enroscarme como una bola y dormir durante horas para anestesiarme el cerebro, pero llaman a la puerta.

— ¿Puedo entrar?

— Por supuesto, Aquene.

Me estoy secando las lágrimas y sonando cuando siento algo moverse a un lado de mi cama.

— ¿Te duele el tobillo?

— Un poco, pero es soportable. Achak me ha curado con plantas. Podré ocuparme de Aiyanna mañana. Sólo necesito una buena noche de sueño y todo volverá a la norma.

— Prefiero que descanses también mañana. Sin ofenderte, tienes una cara que da miedo.

Aquene consiguió sacarme la sonrisa, he encontrado en ella a una amiga y eso es un regalo inestimable. Sabe que no soy alguien fácil de tratar. Pero también creía haber encontrado el hombre que me acompañaría durante un tramo de mi camino y la vuelta a la realidad es dura.

— ¿Qué ha pasado con él?

Terminará sabiéndolo, pero me siento demasiado humillada para contárselo.

—Nada importante. Un simple malentendido.

— Tienes los ojos hinchados y te moquea la nariz.

Aquene está esperando a que me decida y no parece que vaya a olvidarlo rápidamente.

— Ya habrás visto que soy más bien introvertida

— Yo diría reservada. Pero cuando se toma uno el tiempo de conocerte, se da cuenta que eres divertida, inteligente, amigable y que tienes un gran corazón.

Aquene es adorable y necesito desahogarme para ver más claro.

— Para, vas a hacerme llorar otra vez. Es muy

amable pensar cosas tan bonitas sobre mí, pero el hecho es que nadie ha intentado nunca crear un vínculo conmigo y soy demasiado tímida para acercarme a los demás. Mis relaciones amorosas se han visto comprometidas por esto y las pocas que he tenido, han sido un desastre. Para ellos, sólo he representado la curiosidad de intentar quitarme la vergüenza. Estos hombres han querido cambiarme y nunca se han quedado conmigo más que unos días, sólo el tiempo de satisfacer sus necesidades, sin interesarse por las mías, dicho sea de paso, de conseguir mi cuerpo sin ni siquiera preocuparse por mi corazón. Pensaba que Achak sería diferente. Que vería de verdad quién soy y que eso le gustaría. Me equivocaba. Sólo quería rellenar su cuadro de caza y a su novia no le ha hecho nada de gracia descubrirlo.

— ¿Qué novia? Achak está soltero.

Frunzo el ceño Aquene se equivoca.

— No según Takhi. Y Achak no ha dicho lo contrario.

— Quizá han tenido relaciones, pero Achak, en realidad, nunca ha tenido novia. Y he visto cómo te mira, con los ojos llenos de estrellas.

— Sólo es deseo. Yo quiero algo más que una

relación carnal.

— Yo creo que te equivocas. ¿Habéis hablado de ello?

— No, confieso que no le he dejado la ocasión.

Aquene se levanta estrechándome la mano como signo de apoyo moral.

— Deberías darle una oportunidad. Si quieres, claro.

Una vez sola, mis pensamientos dan vueltas a todo gas. Es aún peor desde la conversación con mi amiga. ¿Habré malinterpretado la situación? Si lo vuelvo a pensar, Achak no ha tenido ni un solo gesto hacia Takhi. Y parecía triste en el coche. En resumen, quiero respuestas y, además, tengo una invitación a cenar a la que asistir.

Capítulo 16

Achak

Al oír llamar a la puerta, no me esperaba en absoluto encontrar a Isabelle detrás.

— Me ha traído Tyee. ¿Te molesto? ¿Podemos hablar?

Estoy tan atónito que necesito un momento para entender sus palabras.

— No pensaba volverte a ver hoy, y aún menos en mi casa.

Le cojo la mano y le beso la punta de los dedos llevándole al salón.

— Fue un malentendido lo de este medio día. No hay nadie en mi vida.

Me aclaro la garganta. Es hora de abrir mi corazón si quiero que Isabelle forme parte de mi vida.

— Nadie aparte de ti.

— ¿Y Takhi?

No quiero que se aleje de mí, pero tampoco quiero mentirle.

— Nos hemos acostado alguna vez, pero no ha sido nada serio y ella lo sabía, siempre he sido honesto en este tema con ella. Puse fin a nuestros encuentros ocasionales el día que te conocí. Sólo te quiero a ti, Tehila.

Inclina la cabeza hacia un lado. Es adorable. Lo veo en sus ojos, duda de mí y me lo confirma.

— ¿Por qué yo?

— Porque eres guapa, sensual— le acaricio el brazo —valiente y fascinante.

Ella se aleja de mí. No me gusta su inseguridad.

— Takhi tiene un físico mucho más favorecedor que el mío.

— Te equivocas. Tú tienes una cara fina, una tez de porcelana, podría perderme en tus ojos color chocolate y tu boca, me atrae. No puedo evitar besarla.

Tomo literalmente posesión de su boca tentadora. Le mordisqueo el labio inferior para que me deje entrar y cuando lo hace, la saboreo con mi lengua hasta quedarme sin respiración. Me paro, sin aliento.

— Y tu cuerpo, Tehila, es un deleite para mis ojos, hecho todo de curvas suaves, quiero perderme en ti desde nuestro primer encuentro. Siento el efecto que haces en mí.

Pego mi pelvis contra su vientre para que constate mi erección y aprovecho para acariciarle la parte inferior de su espalda, justo por encima de sus riñones, lo que me hace salivar. Le limpio una lágrima que se cae por su mejilla. Tengo que convencerla de mis sentimientos.

— No eres sólo una simple aventura. Eres la mujer de mi vida.

Me obligo a darle el espacio que sin duda necesita para asimilar toda esta información. Más vale cambiar de tema por ahora.

— ¿Tienes hambre? Voy a preparar un ape…

No me da tiempo a acabar mi frase. Ella salta en mis brazos y traspasa la barrera de mis dientes con la lengua.

— Cómeme si tienes hambre.

No hay que decírmelo dos veces. Le atrapo los muslos para llevarla hasta mi habitación sin tener que separar nuestras lenguas que bailan juntas. La poso de pie y nos desvestimos mutuamente, nos acariciamos y nos descubriros de verdad por la primera vez.

La tumbo sobre mi cama y la observo como Dios la trajo al mundo. Salivo.

— Eres un deleite para mis ojos Tehila, pero quiero conocer tu sabor.

Sus ojos chispean de deseo. Me pongo encima de ella y empiezo por cubrir su cara de besos. Bajo lentamente hacia el comienzo de su pecho y mis manos siguen mi boca.

— Hum, me encantan tus pechos.

Le aspiro una de sus suaves esferas y amaso sensualmente la otra. Siento la tensión que sube en ella. Continuo mi exploración hacia su vientre plano. Le acaricio el ombligo con la punta de la lengua. Sueño con ver su abdomen hinchado por nuestro hijo. Cierro los ojos un segundo para calmarme. Mi pene nunca ha estado tan tenso. Continúo besándole el interior de los muslos y la siento contraerse.

— ¿Tehila? ¿Todo bien? Podemos parar si prefieres.

— Nunca nadie me ha hecho… lo que pretendes hacer.

Frunzo el ceño. Ella es una diosa. ¿Cómo puede ser

que nadie se haya tomado el tiempo de descubrirla? ¿De saborearla?

— Relájate, mi cielo.

Le separo las piernas con suavidad y dejo un beso en el centro de su placer. Toco suavemente sus labios con la punta de los dedos para alcanzar mejor su botón con la lengua. Cuando la oigo gemir, me dejo llevar totalmente. Paso la lengua a lo largo de su apertura rozando su bolita de nervios. Su pelvis viene hacia mí con cada movimiento. Ella jadea y yo aprovecho para meter un dedo en ella. Continúo lamiéndola y añado mi dedo corazón a su guarida. Siento sus uñas que me rozan el cuero cabelludo. Una última presión con mis labios sobre su clítoris la hace explotar. Podría saborearla todo el día.

— Necesito estar en ti, preciosa mía.

— Entonces, ven.

Repto por su cuerpo sudado y enrollo mi lengua a la suya mientras penetro en su calor lentamente. Isabelle me aprisiona con sus piernas y me aprieta el culo con sus talones para sumergirme totalmente en ella.

— Despacio Tehila, sino no voy a durar mucho.

— No te retengas, te quiero entero.

Es demasiado para mí, la ataco con frenesí, profundamente, mientras se agarra a mis hombros y me acaricia. Su vagina se contrae alrededor de mi miembro, nuestros gemidos llenan la habitación. De repente, se deja llevar en un grito de éxtasis, provocando mi orgasmo. Perdido en la euforia del momento, la muerdo la espalda, haciendo de ella mi pareja.

<h2 style="text-align:center">Capítulo 17</h2>

Isabelle

Me acurruco en sus brazos. Nunca me he sentido tan bien en toda mi vida ni he sentido tanto placer durante una relación. Estaba literalmente desconectada de la realidad. Pero ahora, me asalta una pregunta.

— Achak, ¿qué quiere decir Tehila?

— Significa «mi amor». Para mi pueblo, es la marca de devoción última de un hombre hacia su alma gemela. Te quiero Isabelle.

Guau, no me esperaba esta declaración. Nos conocemos desde hace tan poco.

— Es muy pronto para que lo sepas.

— Te equivocas, Tehila, sé exactamente lo que sientes por mí. El tiempo no tiene ninguna importancia, no controlamos nuestros sentimientos. ¿Qué sientes en el fondo de tu corazón?

— Sinceramente, tengo la impresión de estar en mi lugar por la primera vez en mi vida.

74

— Entonces, todo es perfecto.

Me abraza un poco más fuerte contra él y caigo dormida, entre su calor y olor.

Me despierto al día siguiente con unas deliciosas agujetas, pero terriblemente sola. Una bola de angustia me sube a la garganta, pero antes de que le dé tiempo de ahogarme, mi bello amerindio entra por la puerta con el torso desnudo. Ñam, una visión de ensueño. Estoy tan hambrienta por su cuerpo que por el desayuno que me trae en una bandeja.

— Buenos días, Tehila, ¿has dormido bien?

— Como un bebe. Ven a acostarte conmigo.

Le pongo una sonrisa seductora, espero. Honestamente, no estoy habituada a las mañanas de enamorados.

— Me encantaría, pero tengo que ayudar a Tyee con la organización del Pow Wow. Tengo que elegir objetos rituales para comulgar con los espíritus durante la ceremonia.

— ¿Puedo ayudarte?

— Mejor quédate en mi casa descansando. Tienes que curar tu tobillo. Vendré a cuidarte a la vuelta, te lo prometo.

Se va corriendo a lo que debe ser el cuarto de baño

y no puedo evitar la tentación de ir con él. Así que Achak se va con media hora de retraso, porque la ducha fue más larga de lo previsto. Suspiro de gusto pensando en el hecho de que me encuentre irresistible. Incluso sus ojos han tomado una expresión salvaje al mirar el mordisco que me hizo el día anterior. Ni siquiera me había dado cuenta.

A final de la mañana, oigo un ruido y corro a la cocina, pensando que encontraría a mi amor, pero tuve la mala sorpresa de descubrir a Takhi.

— ¿Tú qué haces aquí?

Takhi me mira con rayos en los ojos.

— Achak es mío, tú sólo eres una aventura que voy a hacer desaparecer rápidamente.

Sin dejarme el tiempo de reaccionar, ella se lanza sobre mí y me golpea violentamente la cabeza contra el suelo. Pierdo el conocimiento unos segundos pronunciando el nombre de Achak.

No sé cuánto tiempo he estado inconsciente, pero cuando me despierto, el sol empieza a esconderse en el horizonte. Ya no estoy al abrigo en la casa de mi amante, sino en mitad de la naturaleza, sentada y atada a un árbol.

— ¿Por fin despierta? Habría sido una pena que te hubieras perdido la continuación.

— ¿Por qué haces esto?

— Ya te lo he dicho, Achak me pertenece y tu mordisco no cambia nada.

— ¿Perdón? ¿Qué pinta mi mordisco en esta historia? ¿Y desde cuándo se puede poseer a una persona? Estás totalmente loca. Achak no te quiere.

— Oh, me quería antes de que llegases, créeme. Piensa en todas las veces que me ha tomado en su cama o echado un polvo contra una puerta porque no podría esperar más. Vas a desaparecer y vendrá a suplicarme que vuelva con él. No te me escaparás esta vez.

— Estás soñando, está enamorado de mí.

Takhi me pega en la cara y me hace sangrar la mejilla. No debería haberla provocado.

— Te voy a hacer sangrar. Los animales salvajes vendrán a ocuparse de ti y yo consolaré a Achak. Estará derrumbado cuando se rompa el vínculo, pero yo estaré ahí para relajarle. O tensarle, depende de cómo se mire.

Se pone a desgarrarme los brazos con las uñas, con una sonrisa diabólica y extrañamente carnívora en sus labios.

No, no eran uñas, eran garras, negras y afiladas

como cuchillas. Grito de dolor con todas mis fuerzas mientras que me raja ahora la tripa.

Capítulo 18

Achak

Siento inmediatamente el pánico de Isabelle a través de nuestro vínculo de unión. Tyee me mira preocupado, porque me puse a gruñir sin darme cuenta. Cuando siento que Isabelle cae inconsciente, me pongo directamente a bufar y lucho contra la metamorfosis mientras corro hacia mi coche. No me doy cuenta de la presencia de mi hermano a mi lado hasta que no llego a mi casa. Tenía la cara contraída. No necesito entrar dentro para saber que ya no está ahí, su olor es demasiado difuso. Tyee me llama desde la cocina y el olor cobrizo de la sangre me llega a la nariz.

— No ha salido por voluntad propia.

— Me la han tomado por la fuerza.

Rujo furioso y lucho contra mi instinto salvaje. Alguien se ha entrado en mi cada para hacer daño a mi novia.

— ¿Cómo sabías que estaba en peligro?

— La marqué anoche.

— Perfecto.

— No sé qué ves perfecto, siento sus emociones, pero no es un GPS. El vínculo no me sirve para encontrarla.

Estoy furioso, mi lince también, y la confianza que tiene mi hermano refuerza mi frustración.

— Respira y piensa. Eres un chamán. sólo tienes que comunicarte con el espíritu del lince.

Tyee tiene razón, el lince es un espíritu difícil de amaestrar, pero conoce todos los secretos, porque puede viajar en el tiempo y el espacio. Y como Isabelle es mi novia, forma parte de este lince, que la quiere tanto como yo. Sin perder el tiempo, trazo un círculo fuera, quemo un poco de salvia y entro en meditación. Los espíritus por fin vienen a ayudarme. Rápidamente, la veo atada a un árbol, sangrando y maltratada por Takhi. Incluso estando ensimismado en la mente, siento los labios del animal echarse hacia atrás. Voy a hacerle pagar por su traición. Nunca debería haber atacado a mi pareja. Conozco ese lugar, es donde besé a Isabelle la primera vez. Tengo que ir al sendero.

Nunca había recorrido esta distancia tan rápido. Casi no he tocado el suelo para pasar del coche a mi forma de lince, mis cuatro patas tomaron el relevo para llegar hasta la que me pertenece lo más rápido posible. Cuando estaba cerca del destino, un grito me hiela de horror. Mi hembra sufre. Tengo que darme prisa.

El claro se abre ante mí y la visión de mi dulzura ensangrentada me llena de rabia. Estoy tan absorto por todo ese color rojo que no vi el zorro hasta el último momento, cuando este salto para atravesarme el costado.

Capítulo 19

Isabelle

Perdida en una niebla de sufrimiento, distingo apenas el animal que se precipita hacia mí, pero justo en ese momento, otro animal se lanza contra él. El lince que se dejó acariciar pelea delante de mí contra una especie más pequeña, un zorro rojo con el vientre blanco, sin duda una hembra. Esta última le hace un corte a un lado, pero el macho, con su enorme pata, le raja la mejilla, desde los colmillos a la oreja. Los dos animales se enfrentan bufándose, con el pelo erizado y los belfos hacia atrás, siguiéndose en círculo sin quitarse la vista. Se lanzan el uno sobre el otro, se muerden, se arañan, pero el macho, más imponente, toma ventaja sin dificultad. Pone las patas alrededor del cuello de su adversaria y la aplasta contra el suelo. La hembra esta ahora tumbada boca arriba, con la piel frágil de la tripa expuesta. Mi gran gato rodea la garganta del enemigo con sus colmillos y posa una pata sobre ella, esperando sin duda que se rinda. Pero la hembra se niega a someterse, se lanza sobre el macho para liberarse, intenta clavar su pata con sus colmillos afilados y este le destroza la laringe y atraviesa el abdomen para poner fin al combate y no dar ninguna oportunidad a su adversario.

Cuando volvió la calma, mi bonito lince se me acerca midiendo sus pasos y roe la cuerda que me retiene prisionera antes de tumbarse sobre mí, con la cabeza entre mis piernas. Achak me ha dicho que los linces son animales salvajes, sin embargo, este es muy amistoso conmigo. Como un gato de más de treinta kilos. Me tranquiliza tenerlo cerca, sobre todo porque no sé dónde está Takhi. No la he visto desde que aparecieron los felinos. Sin duda tuvo miedo y se fue corriendo.

Me levando con dificultad. Mis heridas sangran y tengo que pedir ayuda antes de desangrarme en mitad de ninguna parte. Casi no había dado dos pasos cuando el zorro desaparece en un haz arcoíris dejando lugar a una Takhi más que muerta. Mi grito de terror ha debido reunir a todo equipo de socorro, algo es algo. No sé lo que me choca más: que un animal se convierta en una persona, o que esta persona, que me ha secuestrado y que quería matarme, no tengo que olvidarlo, esté muerta. Además, una muerta desnuda.

Mi amigo de cuatro patas frota su cabeza contra la

mía y me golpea con el hocico para hacerme avanzar y alejarme de este espectáculo macabro. Y Tyee elije justo ere momento para aparecer en quad como un loco. Instintivamente, me pongo delante de mí bola de pelos. De ninguna manera permitiré que a mi jefe le entre miedo y le haga daño. Y menos cuando el animal está herido. No entiendo el misterio sobre Takhi, pero una cosa es segura, este peluche gigante me ha salvado la vida.

No me esperaba que el hombre sonriera al ver mi reacción protectora y un cadáver cerca. De verdad, hay algo que se me escapa.

— Te voy a llevar de vuelta a casa de Achak, hay que curarte las heridas.

— Gracias por haber venido a ayudarme Tyee. Dame un segundo.

Me agacho, no sin dificultad y cruzo una intensa mirada azul.

— Ven aquí, bonito mío.

Paso mis dedos entre su espeso pelaje y veo su pelo manchado de sangre.

— Tyee, está herido. Seguro que Achak sabría ayudarle. Llámale, por favor.

— Isabelle, ¿susurras al oído de los linces?

¿Por qué parece divertirle eso?

— No te preocupes por tu nuevo amigo. Sólo son heridas superficiales, podrá curarse sólo. Te lo garantizo.

Eso me tranquiliza, no quiero que le pase nada malo a mi salvador por mi culpa. Veo puntos negros delante de mis ojos, es hora de volver a un lugar seguro antes de desmayarme.

— Hasta pronto, muchachote. Ahora sabes dónde encontrarme, así que vuelve a verme pronto.

Beso su hocico y me voy de ese lugar sin mirar ni una sola vez a la chica muerta a la que Tyee ni siquiera ha mencionado.

Capítulo 20

Achak

Una de las ventajas de ser un cambiante, es que nos curamos rápidamente, más que un humano ordinario. Tras un trayecto a toda velocidad a cuatro patas, y luego en cuatro ruedas, espero a Isabelle, que llega apenas unos segundos más tarde.

— Tehila, ¡en qué estado estás!

Paso un brazo bajo sus piernas y el otro detrás de su espalda y la llevo dentro. Sus cortes son profundos y, sobre todo, numerosos. Por suerte, nuestro vínculo de unión, asociado a mis tratamientos medicinales y un canto chamánico, permitirá contener el sangrado y cerrar en parte las heridas. Isabelle perdió el conocimiento en cuanto empecé la ceremonia y se durmió tras recuperarlo unos segundos. Estoy convencido que tendrá un montón de preguntas cuando se despierte.

Casi la pierdo. Unos minutos más y no habría podido salvarla. Esta realidad me oprime la garganta. Le acaricio el pelo mirando su caja torácica subir y bajar a un ritmo regular. No la dejare irse nunca. Ella forma parte de mí. La protegeré por encima de mi vida. Su lugar está a mi lado, en esta casa. Cuando se despierte, le voy a explicar lo que soy y lo que representamos el uno para el otro. Juro amarla hasta el fin de los tiempos.

Se despierta por la mañana, despegando los párpados con dificultad.

— ¿Achak?

Su voz es débil y rugosa. Pero oírla es un verdadero alivio. Sobre todo, porque soy la primera persona en la que ha pensado.

— Estoy aquí, preciosa. ¿Cómo te encuentras?

— Mejor de lo que imaginaba.

Levanta la cabeza y se inspecciona los brazos, sigue las marcas rojas con el dedo, restos de sus heridas. En apenas unas horas, desaparecerán totalmente.

— ¿Qué me has hecho? ¿He estado dormida mucho tiempo? Mis cortes se han cerrado casi del todo. Es imposible.

Ya no puedo dar marcha atrás, ha llegado el momento de poner las cartas sobre la mesa.

— Siéntate, preciosa mía. Tengo que hablarte de mi tribu, pero antes, prométeme que mantendrás la mente abierta.

Veo intriga en su cara, pero siempre me ha prestado atención cuando le he hablado de los ottawas.

— Te lo prometo.

— ¿Te acuerdas de los animales tótems?

— Por supuesto, el tuyo es el lince, su espíritu te protege.

— En realidad, va más allá. Mi tribu tiene un vínculo privilegiado con los animales tótems. Cada familia del clan posee uno y como ottawas, podemos tomar la forma de nuestro protector.

— No entiendo. ¿Qué entiendes por forma?

— Soy capaz de transformarme en lince.

— Eeeeh, vale. Creo que tengo una conmoción. Me cuesta entender las palabras.

Su reflexión me saca la sonrisa. Efectivamente, debe parecer de locos.

— No tienes ningún problema de comprensión, Tehila. De verdad puedo tomar la apariencia de un lince.

Capítulo 21

Isabelle

Vuelvo a pensar en Takhi, en la hembra zorro que se evaporó para dejar aparecer una mujer. Mi cerebro entiende, pero se niega a creerlo. Mi mente cartesiana, si no lo veo no lo creo.

— En ese caso, muéstramelo. Quiero verte como un lince.

Achak retrocede, desaparece en medio de chispas de luces multicolores y veo un lince en su lugar. No, no es un lince, es mi lince. El que he acariciado, me ha defendido y salvado.

Le examino minuciosamente. Ya no tiene cortes al costado. Ningún resto de sangre. Su pelo es suave, me gusta deslizar los dedos entre él, y también entre el pelo de Achak. Y sus ojos, el mismo azul, la misma mirada.

— ¿Me entiendes?

Mi peluche baja la cabeza.

— Creo que siempre lo he sabido. Nunca tuve miedo de ti bajo esta forma y he soñado contigo y con el lince. Os veía unidos por un hilo invisible, pero que se podía romper. No entendía por qué.

Las chispas me devuelven a mi amerindio desnudo. Una visión en absoluto desagradable. Se da cuenta de cómo le miro y le divierte.

— Perdona, la metamorfosis desintegra la ropa.

— Ningún problema. Entonces, ¿tu tribu posee «poderes mágicos»?

— Sí y no. Es nuestro animal tótem el que es mágico. Nos permite tomar su forma. También comparte con nosotros sus características, un mejor olfato, una mejor vista. Más fuerza y resistencia también. Además, nuestra curación es mucho más rápida.

— Eso explica que no tengas ni una marca de la pelea. Pero yo, no soy como tú, entonces, ¿por qué mis heridas ya casi han desaparecido?

— Eres mi pareja, comparto este don contigo.

— Mientras estemos juntos.

— Es permanente. Los cambiantes no pueden tener que una sola pareja en sus vidas. Al morderte, te he revindicado como mía, el divorcio no existe para nosotros.

¡¡¡Para toda la vida!!! ¿Soy su mujer para toda la eternidad?

— ¿Y por qué me escogiste?

— Cada cambiante posee un alma gemela en el mundo. Tú eres la mía. Lo supe desde que nos conocimos. Es como un flechazo que no desaparece nunca. Sólo estoy completo si tú formas parte de mi vida.

— Ya me acuerdo. Me diste miedo mirándome fijamente como un animal curioso.

No sabía que yo era tan divertida. Siempre parece alegre en mi presencia. Es reconfortante.

— ¿Eso significa que no me dejarás nunca?

— Soy incapaz. Eres todo mi universo. Mi felicidad depende de la tuya y de tu presencia a mi lado.

— Quiero que formes parte de mi familia. te quiero mi lince Ottawa.

Epílogo

Achak

Isabelle se sigue ocupando de Aiyanna, pero vive conmigo desde hace 3 meses, desde el día en el que le revelé el secreto de mi naturaleza de cambiante. Ella aceptó todo, desde mi lince a mi instinto salvaje y posesivo. Es excepcional. El Gran Manitou me ha bendecido poniéndola en mi camino. Isabelle sólo me pidió esperar un poco antes de organizar la ceremonia que la convertirá en mi pareja y en miembro de la tribu. Y por fin ha llegado ese día. La presentación a los ottawas tendrá lugar al final del Pow Wow y estoy impaciente.

Isabelle

Ha llegado la hora. Todas las familias están aquí para celebrar el encuentro de dos almas gemelas. Es como una boda al gusto amerindio. Y tengo una sorpresa para mi amado.

—Isabelle, Tehila, declaro en este día que eres mía. Te protegeré al riesgo de mi vida. Mi lince y yo estamos locos por ti.

Me toca. Mi cojo una bocanada de aire y me lanzo. Es mi turno para revelarle un secreto.

— Achak, eres el hombre de mi vida y quiero con locura a tu lince. Estoy convencida de que mi gran gato será un papá formidable en ocho meses.

Abre los ojos de par en par, mira mi vientre y explota de alegría estrechándome entre sus brazos y besándome hasta dejarme sin aliento.

Fin

En búsqueda el alma gemela

Vuelvo de mi trabajo sin prisa, conduciendo en piloto automático por el camino sinuoso que serpentea la montaña. Todos los días es lo mismo. Mi trabajo en el seno de la policía de la isla es gratificante, pero un poco monótono. En Manitoulin, no hay crimen ni tráfico. Sólo pequeños hurtos entre turistas o accidente que necesitan una investigación para conocer las circunstancias, una investigación que se cierra rápidamente.

Manitoulin es una pequeña isla con un número limitado de habitantes por año, lo que hace que todo el mundo se conozca. Fenómeno reforzado por el hecho que el 90% de los autóctonos forman parte de uno de los seis clanes de la tribu ottawa dirigida por Tyee Pontiac, lo que refuerza mi impresión de estar fijado en el tiempo.

Mi clan siempre ha vivido apartado de los demás, en la cima de las montañas, en donde el aire es puro y no corremos el riesgo de que nos molesten los vecinos. Nuestro animal tótem necesita espacio y altura, con una vista despejada y pinos a miles. Por eso, las montañas son el lugar ideal. Esto no me había molestado nunca y me permitía tener una intimidad casi imposible en el valle. Desciendo de un largo linaje de guerreros, por eso trabajo como fuerza del orden, y nuestro pueblo está en paz desde hace mucho tiempo, lo que otorgaba a mi soledad, una escapatoria al aburrimiento. Pero desde hace poco, incluso el paisaje majestuoso de los árboles doblándose ante las ráfagas de viento ya no me basta para calmar mi espíritu. Me siento como los árboles que acaban rompiéndose de tantas pruebas, sin la protección de su entorno. Mi corazón está vacío, a punto de romperse, y mis amigos no pueden ayudarme. Al contrario, su presencia sólo amplifica mi malestar. No me entienden. Con apenas 30 años, la mayoría sólo piensa en divertirse y disfrutar de la vida, pero no es mi caso. Yo busco algo más profundo e infinitamente más duradero.

El alma gemela inesperada

EL día ha sido cansado, por no decir agotador. Desde que mis padres decidieron recorrer el mundo en búsqueda de Dios sabe qué, me dejaron a cargo del clan de castores y no es en absoluto lo que quería. Yo pensaba que, con apenas 30 años, dirigir mi propio negocio de construcción de casas de madera en esta bonita isla de Manitoulin mientras disfruto de los placeres de la vida sería más que bastante para mí. Pero el Gran Manitou decidió otra cosa, y aquí estoy, a cargo del clan y de la protección de la biodiversidad de la isla, papel que concierne a mi familia desde hace generaciones. En cuanto esto último, sin embargo, tengo que decir, que la llegada de Cayla a la isla, una veterinaria que trabaja para el MBFP, el Ministerio de los bosques, la fauna y los parques, y que, por cierto, es la novia de mi amigo Apenimon, me ha aliviado considerablemente el trabajo. Así, he podido centrar mis esfuerzos únicamente en los cursos de agua, mientras ella se ocupa de las llanuras y la montaña, aunque pienso que se centra demasiado en los pigargos. Por otra parte, la construcción del centro de rescate en Cup and Saucer me procura unos ingresos confortables y trabajo durante varias semanas. Sobre todo con Cayla que tiene una idea precisa de lo que quiere y que es muy exigente, y yo diría más que eso. ¡Me pregunto cómo Apenimon consigue soportarla! Esta mujer le lleva con la sartén bien sujeta por el mango, o más bien por la cola, creo yo. ¡Qué le aproveche! Le dejo con mucho gusto ese placer que no entiendo. Sin embargo, aunque mi papel de guardián de la vegetación es mucho más liviano, mi toma de posición a la cabeza del clan ha aumentado mis responsabilidades sobre los castores. Soy su referente en caso de conflictos, de dificultades o incluso, de ganas de hablar. ¡¡¡De hablar!!! Soy un hombre de acción, no de oficina y esta función me pesa a más no poder, sólo que, es mi deber. El jefe de la tribu de los ottawas a la que pertenezco, Tyee, sólo interviene si yo no he encontrado una solución antes. Ya tiene él que manejar su propio clan y su empresa, así que delega al máximo los conflictos menores en los jefes de clanes, dicho de otra manera, para los castores, yo.

La única ventaja que he encontrado: las tías se me tiran a los brazos de un chasquido de dedos. No tenía dificultades para encontrar a una mujer que acepte darme calor la noche antes, pero desde que soy oficialmente el jefe del clan de los castores, tengo aún más donde elegir. Soy totalmente consciente de que las tías que recojo en las discotecas o en un bar sólo les intereso por mi dinero y mi posición social, pero a mí también, sólo me interesan por sus cuerpos, así que me da igual. Todo lo que espero de ellas, es pasar un buen momento, y luego, adiós y hasta la próxima quizás, si se presenta la ocasión y la mujer no es muy pegajosa.